# La vie devant soi

FichedeLecture.com

# La vie devant soi
# (Fiche de lecture)

## I. INTRODUCTION

### L'auteur

Romain Gary qui publie *La Vie Devant Soi* sous le pseudonyme d'Emile Ajar, est un écrivain né à Vilnius en 1914, né sous le nom de Romain Kacew. Arrivé en France à l'âge de 14 ans, il fera des études de droit avant de rejoindre l'armée.

Diplomate parcourant le monde, il commence à écrire à la fin des années 40 et reçoit le prix Goncourt pour *Les Racines du Ciel* en 1956.

Il se suicide à Paris en 1980, laissant un écrit posthume où il dévoile être Emile Ajar.

### L'œuvre

*La Vie Devant Soi*, prix Goncourt en 1975 est un roman dans lequel le narrateur, Mohammed, nous fait part de ses souvenirs de jeunesse dans la pension clandestine de Madame Rosa, une vieille femme juive qui s'occupe d'enfants de prostituées, abandonnés souvent à contrecœur par des mères qui ne veulent pas se les voir arrachés par l'Assistance Publique. Momo est un enfant intelligent et sensible, qui raconte avec simplicité son quotidien de l'époque dans le quartier parisien de Belleville, et sa relation touchante avec cette femme prête à tout pour lui.

## II. RÉSUMÉ DU ROMAN

Le petit Mohammed, 10 ans, qui préfère qu'on l'appelle Momo, vit avec d'autres enfants chez Madame Rosa, dans un petit appartement de Belleville. Momo et les autres petits sont tous des enfants de prostituées, confiés à Madame Rosa pour ne pas risquer d'être placés à l'Assistance Publique, leur phobie à tous. Le petit Momo est là depuis si longtemps qu'il n'a même aucun souvenir de ses parents, sa seule et unique famille étant Madame Rosa, avec qui il a tissé des liens très forts.

C'est un petit garçon connu de tous dans le quartier, notamment au café de Monsieur Driss, où il parle tous les jours à Monsieur Hamil, celui qui lui a apprit « *tout ce qu'il sait* » comme il aime le répéter. Momo nous fait découvrir Belleville à travers ce café, les prostituées, les toxicomanes, son foyer, et ses fréquentations.

Un jour, perdu dans ses rêveries devant une vitrine des grands magasins de beaux quartiers, il fait la connaissance de Madame Nadine. La jeune femme est doubleuse pour le cinéma, et il assistera parfois aux enregistrements dans le studio où elle travaille. Mais quand il est avec elle, il culpabilise, comme s'il trompait Madame Rosa.

Quand Madame Rosa tombe très malade, une deuxième nouvelle vient bouleverser le jeune garçon, il apprend qu'il a en réalité 14 ans et non pas 10. D'abord très fier « *d'avoir prit quatre ans d'un coup* », ce brusque passage à l'adolescence l'aide à comprendre pourquoi il avait du mal à se lier aux enfants de la pension qu'il pensait de son âge, et aussi pourquoi il n'avait pas pu rester à l'école.

Les enfants partent les uns après les autres de l'appartement de Madame Rosa, et il se rend compte qu'il est maintenant le seul à pouvoir, et devoir, s'occuper de la vieille femme malade et extrêmement affaiblie. Avec l'aide des frères Zahoum, leurs voisins, il va pouvoir lui offrir le séjour à la campagne dont elle rêvait. Et de retour à Paris, il prend soin d'elle tous les jours, la coiffe, la lave, la maquille. Monsieur Waloumba, un autre voisin, et ses frères, l'aident également quand celle-ci a ses moments d'absence, en lui jouant de la musique. Madame Lola, une amie, l'aide pour les courses et lui donne un peu d'argent.

Jusqu'au bout il fera tout pour qu'elle ne soit pas hospitalisée, car il ne veut pas qu'elle devienne « *la championne des légumes* ». Momo ira même jusqu'à mentir au Dr Katz et à tout le voisinage, prétextant que la famille de la vieille femme était venu à Paris pour la ramener en Israël afin d'être soignée. Mais il profitera de ce mensonge pour être seul avec elle durant ses derniers jours, comme elle le souhaitait.

A la mort de madame Rosa, il sera finalement recueilli par Nadine et son époux Ramon, à qui il raconte son histoire.

# III. PRÉSENTATION DES PERSONNAGES

- Mohammed

Personnage principal et narrateur du roman. Jeune garçon élevé par Madame Rosa à Paris dans le quartier de Belleville. Enfant de prostituée non scolarisé, il apprend tout par lui-même. Très sensible, il est extrêmement attaché à la vieille femme qui s'est occupé de lui pendant plus de 10 ans.

- Madame Rosa

Vieille femme juive tenant une pension de jeunes enfants abandonnés ou confiés par des parents aux vies compliqués. Elle ne supporte plus de monter les six étages menant à son appartement et y vit donc recluse. Mais elle peut toujours compter sur ses amis du quartier et surtout sur le petit Momo, son protégé.

- Dr Katz

Médecin de quartier chez qui Madame Rosa amène le petit Momo dès qu'elle s'inquiète pour lui. Mais la plupart du temps, c'est de Madame Rosa dont s'occupe le docteur, en lui prescrivant notamment des tranquillisants.

- Madame Lola

Prostituée transsexuelle, amie de Madame Rosa. Elle est très présente lorsque celle-ci tombe malade. Elle adore le petit Momo et aime s'en occuper comme de son propre fils.

- Monsieur Hamil

Vieil homme présent quotidiennement au café en bas de l'immeuble de Madame Rosa. Ancien vendeur de tapis ambulant, il a traversé toute la France, en passant notamment par Nice, dont il fait toujours une magnifique description à Momo. Il a enseigné beaucoup de choses au petit garçon qui l'admire et le respecte beaucoup.

- Madame Nadine

Jeune femme vivant dans les beaux quartiers de Paris, que rencontre Mohamed un jour de pluie devant les vitrines des Grands Boulevards. Elle est doubleuse pour le cinéma, et laisse le petit Momo assister aux enregistrements quand il le souhaite, ce qui lui plaît particulièrement.

- Monsieur Ramon

Epoux de Madame Nadine, probablement psychanalyste, à l'écoute du petit Momo. Le couple accueillera d'ailleurs le jeune garçon à la mort de Madame Rosa.

- Monsieur N'da Amédée

Proxénète aux réactions incertaines, il est réputé pour être assez violent mais il est toujours très gentil avec Mohammed et Madame Rosa, car elle est la seule à savoir qu'il est analphabète. Il vient donc régulièrement leur rendre visite pour que celle-ci écrive ses lettres pour ses parents en Afrique.

- Moïse

Enfant de la pension, ami de Mohammed, qui sera adopté par une famille juive.

- Banania

Enfant de la pension, plus jeune que Mohammed, qui le surnomme affectueusement ainsi car il est noir et toujours de bonne humeur. Il sera également adopté par une famille.

- Monsieur Driss

Gérant du café en bas de l'immeuble de Madame Rosa, où Monsieur Hamil, le petit Momo et d'autres habitués se retrouvent tous les jours.

- Arthur

Un vieux parapluie auquel Mohammed a mit des vêtements et dessiné un visage. C'est une sorte de fétiche, un ami imaginaire pour le petit garçon.

- Monsieur Waloumba

Voisin de Madame Rosa, éboueur, qui vient aider le petit Momo à s'occuper de la vieille femme malade dès qu'il a terminé ses tournées. Il lui joue de la musique avec ses frères et cousins pour la tirer de ses épisodes végétatifs, et chasser les mauvais esprits.

- Super

Un petit caniche que Mohammed vole un jour dans une boutique. Il adore ce chien mais finira par le donner à une femme fortunée afin qu'il ai une meilleure vie.

- Le Mahoute

Un adolescent toxicomane du quartier, ami de Mohammed avec qui il traine parfois dans les rues.

- Aicha

Mère de Mohammed, prostituée, qui confiera son fils à Madame Rosa car elle ne peut pas l'élever. Elle meurt assassinée par son mari quand Momo est encore tout petit.

- Youssef Kadir

Père de Mohammed, qui prit d'un coup de folie assassinera son épouse Aicha. Il sera interné pendant 13 ans suite à ce tragique épisode. Il tentera de récupérer Mohammed à sa sortie, mais Madame Rosa s'y opposera.

- Les frères Zahoum

Voisins de Madame Rosa, ils s'occupent entre autre de la porter dans les escaliers pour qu'elle puisse sortir de son appartement de temps en temps. Ils portent également le Dr Katz jusqu'à elle pour qu'il puisse contrôler son état lorsque celle-ci tombe malade.

# IV. AXES DE LECTURE

- Le petit Momo, un enfant pas comme les autres

Ce qui fait la singularité du petit Momo, c'est sa simplicité, ou tout du moins sa capacité à banaliser tous les évènements graves de sa vie.

Il ne connaît pas ses parents, mais après tout, la majorité des enfants de sa pension ne les connaissent pas non plus. Sa meilleure amie et mère de substitution est une vieille femme malade ayant survécu à l'holocauste, mais ce n'est pas le personnage le plus original qu'il connaisse. Il ne va pas à l'école, mais c'est l'Education Nationale qui ne veut pas de lui.

Il ne prend pas les choses avec légèreté, comme on pourrait d'abord le croire, il les dédramatise tout simplement, car c'est un garçon humble qui trouve son l'histoire de sa vie normale, qui ne se considère pas comme étant plus heureux ou malheureux qu'un autre. Et quand Madame Rosa tombe malade, il se sacrifie entièrement dans le but de rendre ses derniers instants les moins pénibles possible ; quoi de plus normal envers celle qui vous a élevé ?

Il se comporte avec cette mère qu'il n'a jamais eue comme le fils qu'elle a toujours voulu. Il est autonome, malin, sensible, parfois brillant et accueille chaque nouvelle, bonne ou mauvaise, comme de simples éléments rythmant sa vie.

Il ne juge jamais les gens qu'il rencontre ou côtoie et ne souffre pas vraiment du regard des autres. Il estime faire les choses comme il doit les faire et comme elles doivent être faites, que cela paraisse bien ou mal pour certains.

Momo n'est pas un jeune garçon comme les autres car il n'est pas révolté comme il serait légitime de l'être à sa place. Son seul réel acte de rébellion, il le fait en faveur de Madame Rosa, quand il demande au Dr Katz de la laisser mourir, car il sait que c'est ce qu'elle veut, alors que lui aimerait rester auprès d'elle pour toujours.

Même lorsque l'on apprend qu'il a 14 ans et non 10, il reste toujours extrêmement mature pour son âge, et il est impossible de ne pas être impressionné par son attitude. Ses réflexions et son vocabulaire enfantin laissent toujours transparaitre une justesse et une analyse criante de vérité.

– Momo et Madame Rosa, un amour désespéré

La relation entre ces deux personnages est si forte qu'elle les dépasse parfois eux-mêmes. Ils sont littéralement interdépendants, à tel point que l'on se demande comment va pouvoir vivre Momo quand Madame Rosa disparaitra. Ils sont leur seule famille et sont entièrement dévoués l'un à l'autre.

Plusieurs épisodes illustrent l'affection qu'ils ont l'un pour l'autre. Les larmes de Momo lorsqu'il apprend que Madame Rosa est payée pour s'occuper de lui. Le fait qu'elle ait menti à propos de son âge pour qu'il reste avec elle le plus longtemps possible. Quand Momo fait l'impossible pour rester vivre avec elle alors qu'elle est gravement malade, et qu'il est livré à lui-même, sans argent pour le foyer. Ou encore quand Madame Rosa ment au père de Momo pour que celui-ci reste avec elle. Même les voisins et amis du voisinage de ce duo hors du commun sont parfois surpris de leurs rapports et des liens qui les unissent. Ils sont l'un pour l'autre ce qui les raccrochent à la vie. Ce qui prouve à quel point le sacrifice de Momo est grand lorsqu'il décide d'accompagner Madame Rosa et de l'aider à mourir. A travers ce dernier acte d'amour, on sait qu'il pourra maintenant vivre seul, en sachant que jusqu'à la fin, il aura fait pour elle tout ce dont il était capable.

–   Belleville, ou le Paris oublié

Ce quartier populaire que nous décrit le petit Momo est bien loin des images que nous avons habituellement de la capitale. Petite ville dans la ville, Belleville est dans ce roman un paysage désolé composé de laisser pour compte, de personnages inhabituels et de caractères bien particuliers. Mais il est touchant de voir ces gens parfois perdus, aux vies souvent difficiles, s'entraider en permanence. Ils restent toujours soudés car ils se comprennent. Tout ce qu'ils vivent nous paraît impensable voire insoutenable, c'est ce qui rythme pourtant leur quotidien. Ils sont forts et courageux, ne se laissent jamais abattre, et font toujours leur possible pour que les pires situations, si elles ne se résolvent pas, restent vivables.

On le voit par exemple quand la maladie de Madame Rosa empire, et que tous ses voisins se mobilisent pour l'aider et accompagner le petit Momo dans son combat perdu d'avance. Cette entraide et cette capacité à ne jamais abandonner est très bien illustrée par l'expression qu'utilise le jeune garçon pour décrire le travail des prostituées. Selon lui « *elles se défendent avec leur cul* » sur le trottoir. Effectivement, elles se battent tant bien que mal pour vivre, être indépendantes, avec ce qui leur reste. Toutes les personnes que fréquente Mohammed se défendent à leur manière face à cette vie qu'ils n'imaginaient sûrement pas ainsi, et qui s'acharne souvent à leur faire perdre pied.

# Dans la même collection en numérique

*Escadrille 80*

*Inconnu à cette adresse*

*La controverse de Valladolid*

*Les Vilains petits canards*

*Une partie de campagne*

*Cahier d'un retour au pays natal*

*Dora Bruder*

*L'Enfant et la rivière*

*Moderato Cantabile*

*Alice au pays des merveilles*

*Le faucon déniché*

*Une vie*

*Chronique des Indiens Guayaki*

*Je voudrais que quelqu'un m'attende quelque part*

*La nuit de Valognes*

*Œdipe*

*Disparition Programmée*

*Education européenne*

*L'auberge rouge*

*L'Illiade*

*Le voyage de Monsieur Perrichon*

*Lucrèce Borgia*

*Paul et Virginie*

*Ursule Mirouët*

*Discours sur les fondements de l'inégalité*

*L'adversaire*

*La petite Fadette*

*La prochaine fois*

*Le blé en herbe*

*Le Mystère de la Chambre Jaune*

*Les Hauts des Hurlevent*

*Les perses*

*Mondo et autres histoires*

*Vingt mille lieues sous les mers*

*99 francs*

*Arria Marcella*

*Chante Luna*

Emile, ou de l'éducation

Histoires extraordinaires

L'homme invisible

La bibliothécaire

La cicatrice

La croix des pauvres

La fille du capitaine

Le Crime de l'Orient-Express

Le Faucon malté

Le hussard sur le toit

Le Livre dont vous êtes la victime

Les cinq écus de Bretagne

No pasarán, le jeu

Quand j'avais cinq ans je m'ai tué

Si tu veux être mon amie

Tristan et Iseult

Une bouteille dans la mer de Gaza

Cent ans de solitude

Contes à l'envers

Contes et nouvelles en vers

Dalva

Jean de Florette

L'homme qui voulait être heureux

L'île mystérieuse

La Dame aux camélias

La petite sirène

La planète des singes

La Religieuse

1984 A l'Ouest rien de nouveau

Aliocha

Andromaque

Au bonheur des dames

Bel ami

Bérénice

Caligula

Cannibale

Carmen

*Chronique d'une mort annoncée*
*Contes des frères Grimm*
*Cyrano de Bergerac*
*Des souris et des hommes*
*Deux ans de vacances*
*Dom Juan*
*Electre*
*En attendant Godot*
*Enfance*
*Eugénie Grandet*
*Fahrenheit 451*
*Fin de partie*
*Frankenstein*
*Gargantua*
*Germinal*
*Hamlet*
*Horace*
*Huis Clos*
*Jacques le fataliste*
*Jane Eyre*
*Knock*
*L'homme qui rit*
*La Bête humaine*
*La Cantatrice Chauve*
*La chartreuse de Parme*
*La cousine Bette*
*La Curée*
*La Farce de Maitre Pathelin*
*La ferme des animaux*
*La guerre de Troie n'aura pas lieu*
*La leçon*
*La Machine Infernale*
*La métamorphose*
*La mort du roi Tsongor*
*La nuit des temps*
*La nuit du renard*
*La Parure*

*La peau de chagrin*

*La Petite Fille de Monsieur Linh*

*La Photo qui tue*

*La Plage d'Ostende*

*La princesse de Clèves*

*La promesse de l'aube*

*La Vénus d'Ille*

*La vie devant soi*

*L'alchimiste*

*L'Amant*

*L'Ami retrouvé*

*L'appel de la forêt*

*L'assassin habite au 21*

*L'assommoir*

*L'attentat*

*L'attrape-coeurs*

*Le Bal*

*Le Barbier de Séville*

*Le Bourgeois Gentilhomme*

*Le Capitaine Fracasse*

*Le chat noir*

*Le chien des Baskerville*

*Le Cid*

*Le Colonel Chabert*

*Le Comte de Monte-Cristo*

*Le dernier jour d'un condamné*

*Le diable au corps*

*Le Grand Meaulnes*

*Le Grand Troupeau*

*Le Horla*

*Le jeu de l'amour et du hasard*

*Le Joueur d'échecs*

*Le Lion*

*Le liseur*

*Le malade imaginaire*

*Le Mariage de Figaro*

*Le meilleur des mondes*

*Le Monde comme il va*

*Le Parfum*

*Le Passeur*

*Le Petit Prince*

*Le pianiste*

*Le Prince*

*Le Roman de la momie*

*Le Roman de Renart*

*Le Rouge et le Noir*

*Le Soleil des Scortas*

*Le Tartuffe*

*Le vieux qui lisait des romans d'amour*

*L'Ecole des Femmes*

*L'Ecume Des Jours*

*Les Bonnes*

*Les Caprices de Marianne*

*Les cerfs-volants de Kaboul*

*Les contes de la Bécasse*

*Les dix petits nègres*

*Les femmes savantes*

*Les fourberies de Scapin*

*Les Justes*

*Les Lettres Persanes*

*Les liaisons dangereuses*

*Les Métamorphoses*

*Les Mouches*

*Les Trois mousquetaires*

*L'étrange cas du Dr Jekyll et de Mr Hyde*

*L'Ile Au Trésor*

*L'île des esclaves*

*L'illusion comique*

*L'Ingénu*

*L'Odyssée*

*L'Ombre du vent*

*Lorenzaccio*

*Madame Bovary*

*Manon Lescaut*

*Micromégas*

*Mon ami Frédéric*

*Mon bel oranger*

*Nana*

*Ne tirez pas sur l'oiseau moqueur*

*Notre-Dame de Paris*

*Oliver twist*

*On ne badine pas avec l'amour*

*Oscar et la dame rose*

*Pantagruel*

*Le Misanthrope*

*Perceval ou le conte du Graal*

*Phèdre*

*Ravage*

*Roméo et Juliette*

*Ruy Blas*

*Sa Majesté des Mouches*

*Si c'est un homme*

*Stupeur et tremblements*

*Supplément au voyage de Bougainville*

*Tanguy*

*Thérèse Desqueyroux*

*Thérèse Raquin*

*Ubu Roi*

*Un Barrage contre le Pacifique*

*Un long dimanche de fiançailles*

*Un secret*

*Vendredi ou la vie sauvage*

*Vipère au poing*

*Voyage au bout de la nuit*

*Voyage au centre de la terre*

*Yvain ou le Chevalier au lion*

*Zadig*

# À propos de la collection

La série FichesdeLecture.com offre des contenus éducatifs aux étudiants et aux professeurs tels que : des résumés, des analyses littéraires, des questionnaires et des commentaires sur la littérature moderne et classique. Nos documents sont prévus comme des compléments à la lecture des oeuvres originales et aide les étudiants à comprendre la littérature.

Fondé en 2001, notre site FichesdeLectures.com s'est développé très rapidement et propose désormais plus de 2500 documents directement téléchargeables en ligne, devenant ainsi le premier site d'analyses littéraires en ligne de langue française.

FichesdeLecture est partenaire du Ministère de l'Education du Luxembourg depuis 2009.

Plus d'informations sur www.fichesdelecture.com

ISBN: 978-2-511-02793-6

Notes :